OBJETS D'ART

ET

D'AMEUBLEMENT

PROVENANT DE

L'Atelier de feu M. CHARTRAN

ARTISTE PEINTRE

CATALOGUE

DES

MEUBLES ET SIÈGES

ANCIENS ET MODERNES

Décoration d'Autel en Bois sculpté du XVIIe Siècle

COMMODES — ARMOIRES — BAHUT — HARPE — PIANOLA

FAIENCES ET PORCELAINES

TABLEAUX — AQUARELLES — DESSINS

Bronzes d'Art et d'Ameublement

BRONZES DE BARYE, MÈNE ET FRÉMIET

SCULPTURES EN PIERRE, BOIS, TERRE CUITE

Statuette de Vierge en Pierre sculptée du XVIe Siècle

OBJETS VARIÉS

TAPISSERIES ANCIENNES

d'AUBUSSON ET DES FLANDRES DES XVIe, XVIIe ET XVIIIe SIÈCLES

BRODERIES, ÉTOFFES

Provenant de l'Atelier de feu M. CHARTRAN, Artiste peintre

ET DONT LA VENTE AUX ENCHÈRES PUBLIQUES AURA LIEU

HOTEL DROUOT, SALLE N° 1

LE LUNDI 24 AVRIL 1911

A DEUX HEURES PRÉCISES

COMMISSAIRE-PRISEUR	EXPERTS
Me F. LAIR-DUBREUIL	MM. PAULME & B. LASQUIN Fils
6, rue Favart	10, r. Chauchat - 11, r. Grange-Batelière

Chez lesquels se distribue le présent Catalogue

EXPOSITION PUBLIQUE

Le Dimanche 23 Avril 1911, Salle N° 1, de 1 heure 1/2 à 6 heures

CONDITIONS DE LA VENTE

Elle sera faite au comptant.

Les adjudicataires paieront *dix pour cent* en sus des enchères.

L'exposition mettant le public à même de se rendre
compte de l'état et de la nature des objets, il ne sera admis
aucune réclamation une fois l'adjudication prononcée.

Paris. — Imp. de l'Art, Ch. Berger, 41, rue de la Victoire

DÉSIGNATION

TABLEAUX

AQUARELLES, DESSINS

BINET (R.)

1 — *Chœur de la Cathédrale de Montréal.*
Aquarelle. Signée.

BOUVET (Max)

2 — *Marine : Soleil couchant.*
Toile. Signée et datée : 92.

DANGOU (Jeanne)

3 — *Corbeille de roses.*
Pastel.

DUPRAY (H.)

4 — *Jeanne d'Arc à Orléans.*
Dessin.

DUPRAY (H.)

5 — *Le Général Lamoricière à l'assaut de Cons-*
tantine.
Dessin.

GARDIER (R. DU)

6 — *Figure allégorique.*
  Panneau. Signé.

GESNE (ALB. DE)

7 — *Chiens au chenil.*
  Grand dessin au fusain, rehaussé de blanc.

GESNE (ALB. DE)

8 — *Le Relais de chasse.*
  Toile. Signée.

GESNE (ALB. DE)

9 — *Bord de rivière.*
  Panneau.

RAPHAEL (D'après)

10 — *Victoire de Constantin.*
  Grande gravure. Encadrée.

THOMAS (FÉLIX)

11 — *Pont antique en Mésopotamie.*
  Aquarelle.

TROUILLEBERT

12 — *Paysage avec ruisseau, paysanne et vache.*
  Toile. Signée.

13 — Triptyque peint : Résurrection et figures de
saintes et saints.

14 — Triptyque, la partie centrale en bas-relief, en
plâtre; sujets : Vierge, Enfant Jésus et saint
Jean-Baptiste; les volets peints à sujets de
saints.

FAIENCES, PORCELAINES

15 — Jardinière, en forme de mascaron, en grès
émaillé de Moreau Vauthier.

16 — Autre jardinière, en forme d'automobile de
course, par Moreau Vauthier.

17 — Paire de vases-jardinières et leur dessous en
porcelaine de Canton, forme hexagone, décor de
personnages.

18 — Deux chats et lapin en céramique.

19 — Bouteille, en forme de gourde, en céramique
orientale.

20 — Haut relief en céramique, d'après Les Robbia.

21 — Vase de forme Médicis en céramique, orné de
fleurs, feuillages en relief, émaillé blanc.

22 — Paire de bouteilles en ancienne faïence de
Delft, décor bleu, à personnages et lambrequins.

23 — Paire de vases à côtes en ancienne faïence de
Delft, décor bleu.

OBJETS VARIÉS

CUIVRES, ARMES, ETC.

24 — Deux aiguières en verre de Venise.

25 à 28 — Lot de verres artistiques : porte-fleurs, jardinières, etc.

29 — Chapelet en buis sculpté.

30 — Croix processionnelle en cuivre : le Christ et la Vierge, avec attributs des évangélistes.

31 — Croix processionnelle en bronze, ornée de cabochons.

32 — Boîte à sel, ancienne, en bois sculpté, décor de corbeille de fleurs.

33 — Gourde en bois, décorée de personnages et ornements divers.

34 — Châsse en bois, recouverte en cuivre repoussé, ornée de cabochons.

35 — Coffret, formant pupitre, en palissandre, ornements incrustés en cuivre.

36 — Grande reliure en soie brochée au passé, décor de fleurs.

37 — Tambourin en bois peint, à décor d'armoiries et motifs héraldiques.

38 — Rondache en fer gravé, à rinceaux de feuillages.

39 — Mannequin, revêtu d'une armure en fer partiellement gravé.

40 — Poignard oriental, dans sa gaine en cuivre gravé et partiellement argenté.

41 — Lot d'armes européennes et orientales.

42 — Haume et rondache en fer gravé.

43-44 — Quatre plats à ombilic en cuivre repoussé.

45 — Seau vénitien en cuivre, à deux anses et col évasé.

46 — Grande verseuse, broc à anse et arrosoir en cuivre.

47 — Deux hottes en cuivre repoussé, décor d'armoirie, rinceaux et corbeille de fleurs.

48 — Vasque en cuivre gravé et argenté. Travail oriental.

49 — Gargoulette en cuivre repoussé.

50 — Lampe d'église en cuivre repoussé et argenté. xviiiᵉ siècle.

51 — Clochette et une lampe romaine, en bronze.

52 — Guitare en bois, avec incrustations de nacre.

53 — Banjo, dans son écrin en cuir.

54 — Modèles de jonque, gondole et bateau en bois.

55 — Lanterne de projections, avec vues et accessoires.

SCULPTURES

EN PIERRE, BOIS, TERRE CUITE

56 — Statuette en pierre sculptée, avec trace de polychromie, représentant la Vierge agenouillée, feuilletant un livre, dans l'attitude de l'Annonciation. XVIᵉ siècle.

Haut., 1 m. 10 cent. environ.

57 — Groupe en bois sculpté polychromé : Pieta. XVIᵉ siècle.

58 — Buste-reliquaire en bois sculpté polychromé et doré. XVIIᵉ siècle.

59 — Statuette-reliquaire en bois sculpté doré, représentant saint Paulin. XVIIᵉ siècle.

60 — Deux statuettes : Enfants, en bois sculpté. XVIIᵉ siècle.

61 — Groupe en bois sculpté peint : le Baptême du Christ. XVIIᵉ siècle.

62 — Divinité bouddhique, accroupie sur une fleur de lotus, en bois sculpté doré. Ancien travail chinois.

63 — Trois mascarons en bois sculpté.

64 — Paire de grands vases en terre cuite, à anses et décor faits de dragons rehaussés d'or. Travail chinois.

65 — Colonne-support et vase en terre cuite.

66 — Paire de colonnes-supports en marbre noir, fût tors et canaux.

66 *bis* — Colonne-support en marbre des Pyrénées.

67 — Deux colonnes en plâtre peint, décor d'arabesques.

68 — Six bustes en plâtre teinté.

69-70 — Statuettes diverses en plâtre.

BRONZES

D'ART ET D'AMEUBLEMENT

BRONZES DE *BARYE*, *FRÉMIET* ET *MÈNE*

71 — Deux paires de grandes appliques en fer découpé et repoussé, décor de feuillages. Disposées pour l'électricité.

72 — Deux paires de petites appliques analogues.

73 — Paire de grands vases carrés en bronze patiné, frotté d'or. Travail chinois. Pieds-supports en bois noir sculpté.

74 — Ibis en bronze japonais.

75 — Paire de lampes faites d'un vase en émail cloisonné du Japon.

76 — Brûle-parfum, en forme de fruit, en bronze japonais.

77 — Paire de lampes, faites chacune d'un vase à trépied à griffes, en bronze, de style antique.

78 — Petite jardinière en bronze patiné, branche de cerisier en relief.

79 — Statuette en bronze : l'Enfant à l'arc, base en marbre rouge.

80 — Groupe en bronze de Mercié : *Gloria Victis.*
Édition Barbedienne.

Haut., 40 cent.

81 — Masque de femme en bronze patiné.

82 — Statuette en bronze : le Chanteur Florentin, par
Dubois. *Édition Barbedienne.*

Haut., 62 cent.

83 — Statuette de faune en bronze, d'après l'antique.

84 — Statuette de Silène portant une coupe en
bronze, d'après l'antique.

85 — Statuette en bronze doré : Saint-Michel terras-
sant le dragon, par Frémiet.

86 — Statuette de divinité chinoise, sur tortue formant brûle-parfums, en bronze.

87 — Levrette rapportant un lièvre, en bronze de
Barye.

Haut., 27 cent. 1/2; larg., 44 cent.

88 — Chien épagneul en bronze de Frémiet.

89 — Important groupe en bronze : Cerf attaqué par
des chiens, par P.-J. Mène.

90 — Lampe électrique faite d'une statuette de
femme symbolisant la nuit et portant une
ampoule bleue étoilée. Bronze argenté.

MEUBLES ET SIÈGES

91 — Lutrin fait d'un aigle en bois sculpté, sur base
à trépied orné de feuillages. En partie du
XVIIe siècle.

92 — Armoire basse à pupitre en bois mouluré,
dossier à colonnes torses et fronton ornementé.
XVIIe siècle.

93 — Décoration d'autel en bois sculpté doré, faite
d'un tabernacle, au centre d'une arcade ; encadrement de colonnes surmontées d'un fronton ;
décor de rinceaux, têtes de séraphins et guirlandes. Clôture faite de balustres en bois sculpté
peint. XVIIe siècle.

94 — Encadrement de baie, formé de deux pilastres
d'ordre ionique, décorés d'arabesques sup1por-
tant un entablement en bois sculpté doré. Car-
touche armorié, appliqué au centre. XVIIe siècle.

95 — Commode Louis XV, à trois rangs de tiroirs,
en bois de placage, ornée de bronzes avec
dessus de marbre.

96 — Console en bois sculpté doré, style Louis XV.
Dessus de marbre.

97 — Autre petite console à un seul pied en bois
sculpté doré, style Louis XV. Dessus de marbre.

98 — Petite table ovale à tablette d'entrejambe, dessus de marbre ceinturé de cuivre. Style Louis XV.

99 — Harpe Louis XVI en bois sculpté partiellement doré.

100 — Petite table de salon rectangulaire en bois doré ; dessus de marbre blanc encastré. Style Louis XVI.

101 — Autre petite table à tiroirs en bois sculpté doré ; dessus de marbre encastré. Style Louis XVI.

102 — Table de salle à manger, avec allonges, en bois sculpté peint blanc. Style Louis XVI.

102 *bis* — Deux grandes consoles semblables.

103 — Table de pocker, forme ronde, en bois sculpté peint blanc, sur pied tripode.

104 — Armoire, à trois portes à glace, en bois sculpté peint. Style Louis XVI.

104 *bis* — Grande armoire en bois sculpté peint, style Louis XV, ouvrant à deux portes à glaces biseautées.

105 — Guéridon, à quatre pieds et entrejambes, en bois doré. Dessus d'onyx. Style Louis XVI.

106 — Décor de cheminée, avec glace, en bois sculpté peint gris. Style Louis XVI.

107 — Meuble-bahut, ouvrant à abattant et tiroirs, en bois sculpté ciré, décor en bas-relief et cariatides; reposant sur deux pieds-balustres et base moulurée.

108 — Table rectangulaire en bois sculpté, à pieds et traverses faits de colonnes rudentées de baguettes.

108 *bis* — Grande horloge en chêne sculpté.

109 — Table rectangulaire en bois sculpté peint blanc.

110 — Étagère-bibliothèque en bois de chêne.

111 — Deux coffres, formant banquette, en bois sculpté, mascarons et cartouches.

112 — Bibliothèque tournante en bois noir.

113 — Glace-psyché, dans une monture en bois sculpté peint, décor de dragons, dans le style chinois.

114 — Glace-psyché, dans une monture en acajou à colonnes cannelées, à cannaux et baguettes de cuivre.

115 — Chevalet-porte-carton en bois ajouré sculpté.

116 — Jardinière, faite d'un récipient contourné en bois, recouvert de métal, fond à colonnes et fronton.

117 — Deux supports en bois, faits chacun d'une colonne torse.

118 — Billard de Descayrac, avec ses accessoires.

119 — Pianola, avec nombreux rouleaux.

120 — Stalle à dais en bois sculpté à fenestrages. Style gothique.

121 — Fauteuil-caqueteuse en bois sculpté à fenestrages gothiques, partiellement doré.

122 — Deux fauteuils, époque Louis XIII, en bois à pieds-griffes, recouverts en panne rouge, cloutés de cuivre.

123 — Chaise, à dossier ajouré, cloutée de cuivre, avec inscription et date. Recouverte en maroquin.

124 — Chaise, époque Louis XIII, à pieds tournés et traverses torses, recouverte en cuir.

125 — Grand fauteuil en bois mouluré, à pieds et traverses torses, couvert en maroquin. Style Louis XIII.

126 — Autre fauteuil analogue en bois tourné.

127 — Deux tabourets cannés en bois sculpté ciré. Style Louis XIV.

128 — Petit mobilier de salon, comprenant : un petit canapé, deux fauteuils-marquise et deux chaises, en bois sculpté doré, style Louis XVI, recouverts de soie brodée au passé, décor de vase de fleurs, draperies et guirlandes.

129 — Deux fauteuils Dagobert en bois sculpté ajouré, à décor de griffons et rinceaux.

130 — Tabouret en bois, pieds-colonnettes et coussin en ancienne tapisserie.

131 — Canapé-lit, recouvert en velours épinglé à petits médaillons.

TAPISSERIES ANCIENNES
TENTURES, ÉTOFFES

132 — Tapisserie rectangulaire flamande du xvi⁰
siècle, représentant des animaux dans un parc,
avec château et ferme. Bordure d'encadrement :
figures allégoriques, guirlandes et chutes de
fleurs.

Haut., 2 mètres; larg. 2 m. 65 cent.

133 — Tapisserie rectangulaire flamande, de la fin
du xvi⁰ siècle, sujet à personnages représentant
le couronnement d'un roi devant des guerriers
assemblés. Bordure simulant un cadre à enrou-
lement de feuilles d'acanthe, mascarons de lions
aux angles.

Haut., 3 m. 40 cent.; larg. 2 m. 60 cent. environ.

134 — Tapisserie rectangulaire de Flandres, xvii⁰
siècle, représentant sur un fond de paysage un
écusson d'armoirie, suspendu par une bande-
role. Riche bordure d'encadrement, à torsades
et guirlandes de fleurs et fruits, rinceaux et rosaces aux angles.

Haut., 3 m. 40 cent.; larg., 2 m. 80 cent. environ.

135 — Autre tapisserie, semblable à la précédente,
avec variante dans le décor du paysage. xvii⁰
siècle.

Haut., 3 m. 40 cent.; larg. 2 m. 80 cent. environ.

136 — Tapisserie rectangulaire d'Aubusson, xviii°
siècle : verdure, château et gros oiseaux aqua-
tiques. Encadrement, sur trois côtés, de bor-
dures à coquilles, entrelacs et rosaces aux
angles.

Haut., 2 m. 80 cent.; larg., 3 m. 90 cent. environ.

137 — Tapisserie rectangulaire d'Aubusson, xviii°
siècle : verdure, cascade, héron. Encadrement
de bordure, à feston de feuillages et fleurs.

Haut., 2 m. 55 cent.; larg., 4 mètres environ.

138 — Bannière de procession en broderie, représentant la Vierge glorieuse. Encadrement de
damas rouge brodé de métal, décor à rinceaux.
xvii° siècle.

139 — Autre bannière de procession brodée, représentant deux saints personnages en adoration
devant le Saint Sacrement. Encadrement de damas rouge brodé à rinceaux. xvii° siècle.

140 — Devant d'autel en soie soutachée et brodée à
feuillages et chiffre du Christ. Bordure de ga-
lons.

Haut., 1 mètre; larg., 2 m. 10 cent.

141 — Deux panneaux de satin noir brodé, décor
de dragons dans des flammes. Travail chinois.

142 — Panneau rectangulaire : paysage avec cours
d'eau et bateau, peint sur toile. Travail japonais.

142 *bis* — Deux ornements en broderies japonaises.

143 — Lot de tenture en étoffes, anciennes et modernes.

144 — Objets omis.

www.ingramcontent.com/pod-product-compliance
Lightning Source LLC
LaVergne TN
LVHW021456060726
842527LV00006B/2273